Elke Guthoff

Unglaublich - aber wahr

Erlebte Geschichte(n)

*Bibliografische Information der Deutschen Nationalbibliothek:
Die Deutsche Nationalbibliothek verzeichnet diese Publikation
in der Deutschen Nationalbibliografie; detaillierte
bibliografische Daten sind im Internet über dnb.dnb.de
abrufbar.*

Verlag: BoD • Books on Demand GmbH, In de Tarpen 42,
22848 Norderstedt
Druck: Libri Plureos GmbH, Friedensallee 273, 22763
Hamburg

ISBN: 978-3-7583-3962-2

Allerlei seltsame Geschichten

Die Dachlawine

Im März des Jahres 2002 waren wir vierzehn Tage in Marienbad und hatten dort eine wunderbare Zeit. In der Nacht vor unserer Abreise hatte es Neuschnee gegeben und die Landschaft sah im strahlenden Sonnenschein wie im Märchen aus. Ich wollte gerne mal einen ganz kleinen Grenzübergang nach Deutschland benutzen. Dann hätten wir zum Abschied noch eine schöne Fahrt durch diese herrliche, unberührte Landschaft. Gesagt, getan. Der Grenzübergang war ein ziemlich kleines Haus mit einem Sonnen- bzw. Regendach.

Wir sahen es schon, als der Weg eine kleine Biegung machte. Auch hier lag natürlich Neuschnee. Er lag sogar auf dem gläsernen Vordach. Nur zwei Autos waren für die Kontrolle vor uns.

Das erste Auto fuhr gerade weg. Nun wären wir als Nächstes für die Kontrolle dran.

Mein Mann nahm sofort unsere bereits aufgeklappten Ausweise in die Hand und drehte die Scheibe auf seiner Seite herunter.

Er wollte höflich sein und vor- und auch mitarbeiten. Während wir warteten, hörten wir über uns ein unbekanntes Geräusch!

Es machte: Sch, sch, sch! Als ich nach oben guckte, sah ich, wie sich der Schnee auf dem gläsernen Vordach in Bewegung setzte.

Ich dachte: Ist ja nicht schlimm. Wir sitzen ja im Auto. Pustekuchen, falsch gedacht!

Das Fenster auf der Fahrerseite war ja schon geöffnet, weil mein Mann mit unseren aufgeklappten Ausweisen auf die Abfertigung wartete.

Fast die gesamte Dachlawine konnte deshalb in unser Auto rutschen. Es passte alles hinein. Nur ein paar Hände voll lagen noch auf dem Gehsteig.

Mein Mann fing an zu schimpfen. Ich dachte: was hat er denn? So ein bisschen Schnee auf dem Auto! Nee, nee. Als ich zur Seite guckte, musste ich mir das Lachen verbeißen, denn er saß bis zur Brust im Schnee! Die beiden Grenzer hatten von diesem Ereignis gar nichts mitbekommen und schauten ganz verdutzt. Sie haben aber nicht gelacht.

Der Bürgersteig war übrigens fast schneefrei geblieben, unser Auto war aber auf der Fahrerseite mit reichlich Neuschnee gefüllt.

Kontrollieren wollten die Beamten uns nun nicht mehr. Eigentlich schade, denn wir hatten absolut nichts zum Schmuggeln dabei. Das Auto sollten wir auf den Parkplatz schieben. Dort durften wir es wieder fahrbereit machen.

Aber den Schnee ohne ein Hilfsmittel aus dem Auto zu bekommen, ist schwieriger als man denkt. So ein Auto hat ja so viele Winkel, Ritzen und Hohlräume! Irgendwann konnten wir aber mit dem noch nassen Auto wieder fahren.

Wir sind übrigens heil zu Hause angekommen. Es war ein unvergesslicher Abschluss eines schönen Urlaubs.

Arztbesuche

Als wir noch keine Rentner waren und unsere zwei Jungs noch kleine Kinder, brauchten wir auch schon mal einen Arzt. Unser Lieblings-Hausarzt war Dr. Völker. Er konnte besonders gut schnippeln (operieren). Wir hatten den Eindruck, dass wir ihm eine Freude machten, wenn einer von unserer Familie mit einer Krankheit oder einem Zipperlein zu ihm kam, bei dem er schnippeln durfte.

Arztbesuche vom großen Sohn

Er ging schon zur Schule. An seinem Rückgrat hatte sich eine Zyste gebildet. Die durfte dort nicht sein. Der Doktor schnitt sie auf, presste das alte Blut raus, klebte ein Pflaster drauf und gab ihm einen neuen Termin. An jedem zweiten Tag wurde die Zyste wieder aufgeschnitten, das Blut wurde wieder ausgedrückt, usw. Nach zwei Wochen war die Sache erledigt.

Erster Arztbesuch vom kleinen Sohn

Dieser Besuch war schon interessanter. Als er vier Jahre alt war, rief eines Tages die Kindergärtnerin an, ich sollte meinen Sohn abholen. Auf

8

meine Frage, warum, bekam ich die Erklärung, er hätte viele schwarze Tupfen auf seiner Kopfhaut. Wir gingen also zum Friseur. Die Friseuse wollte ihn auch gar nicht erst anfassen. Sie meinte, die schwarzen Flecken könnten ja ansteckend sein. Ich sollte das Kind unbedingt einem Arzt vorstellen.

Der Arzt, natürlich wieder Dr. Völker, fragte nur, ob wir ihm schon den Kopf gewaschen hätten? Wir sollten ihn ruhig anfassen. Vielleicht wäre es ja nur Schmutz! Wir fuhren also nach Haus und unser kleiner Sohn bekam eine Kopfwäsche. Danach war der Kopf sauber.

Bei einer ausführlichen Aussprache mit unserem Kindergartenkind stellte sich heraus, dass sich die Kinder im Kindergarten mit Erde beworfen hatten. In dieser Erde waren auch kleine Teerpartikel enthalten. Und genau dieses bisschen Teer war die sogenannte ansteckende Krankheit.

Dr. Völker freute sich über seine richtige Diagnose und die wundersame Heilung durch eine Kopfwäsche.

Zweiter Arztbesuch vom kleinen Sohn

Etwa ein Jahr später rief der Kindergarten erneut an. Ich müsste dringend mit meinem Kind zum Arzt. Auf meine Frage, warum, sagte die Kindergärtnerin, er hätte den ganzen Mund voller Blut.

Es war Winter, und ohne Auto mit einem kranken Kind zum Arzt zu kommen, ist nicht einfach. Die Kindergärtnerin machte den Vorschlag, sie würde unseren kleinen Sohn zum Arzt bringen: natürlich zu Dr. Völker. Ich sollte dann mit meinem Rad auch dorthin kommen. Ich war mit allem einverstanden.

So wurde es gemacht. Als ich in der Praxis ankam, hatte Dr. Völker unser Kind bereits untersucht und festgestellt, dass unser Kleiner sich die Zunge durchgebissen hatte. Die Zunge musste genäht werden. Dieses erklärte der Arzt gerade meinem Jungen. Die Frage zum Abschluss an den Jungen war: „Soll Deine Mama mit Dir ins Krankenhaus fahren, oder soll ich das machen?" Ohne zu überlegen sagte unser Kleiner:

„DU SOLLST DAS MACHEN!"

Daraufhin wurden die noch wartenden Patienten nach Haus geschickt. Sie bekamen alle neue Termine.

Ab diesem Moment gehörte die Zeit des Arztes ganz allein unserem kleinen Jungen. Dieser Knabe wurde nun für die OP vorbereitet. Er bekam Betäubungsspritzen in die Zunge, der Körper wurde zugedeckt, das OP-Besteck bereit gelegt. Als die Wirkung der Spritzen begann, fing Dr. Völker sorgsam an, die Zunge zu nähen. Die kleine Zunge musste die ganze Zeit draußen bleiben. Nach einer Weile meinte der Arzt: Jetzt muss ich mich aber beeilen, die Betäubung lässt langsam nach. Natürlich hat Dr. Völker es geschafft. Es ist alles gut gegangen und der kleine Kerl hat während der gesamten dreißig Minuten nicht einen Mucks von sich gegeben.

In der nächsten Zeit hat er sehr gerne den Menschen seine Zunge mit dem blauen Faden gezeigt. Er freute sich immer, wenn jemand die Zunge sehen wollte. Durch die OP hatte er ein paar Wochen eine Narbe auf seiner Zunge. Während dieser Zeit entwickelte er einen kleinen Sprachfehler, der sich aber sehr schnell wieder verlor.

Unser Lieblingsarzt hatte wieder einmal gut gearbeitet.

Für die anderen Patienten war unser Kleiner lange Vorbild, weil er bei dieser OP keinen Mucks von sich gegeben hat. Die anderen Patienten sollten sich ein Beispiel daran nehmen und nicht so viel jammern. Dieses Lob ließ ihn direkt wachsen und er war ganz lange stolz auf seine Leistung.

Ehemann beim Arzt

Mein Mann war der nächste Patient aus der Familie, der Arbeit für Dr. Völker hatte. Es war Sommer (wie bei Peter Maffay im Lied). Der Rasen sollte heute noch gemäht werden (bei Peter Maffay wohl nicht).

Gerade war Mäh-Pause angesagt. Das Mittagessen war fertig. Nur noch die Gummistiefel ausziehen und dann mit dem kleinen Sohn zum Essen ins Haus gehen. Im Augenblick saß mein Mann aber noch neben dem Rasenmäher und guckte ratlos. Irgendetwas störte ihn!

Aus unerfindlichem Grund fing der Mäher plötzlich an, bei laufendem Motor rückwärts zu fahren. Die Gummistiefel an den Füßen waren für den Rasenmäher kein Hindernis! Der Mäher fuhr einfach weiter, natürlich weiterhin rückwärts. Plötzlich fehlte vom Gummistiefel vorne ein Stück und offensichtlich auch vom Fuß, denn Blut kam aus dem offenen Stiefel!

Eigentlich wollten wir gerade zusammen Mittag essen. Aber daraus sollte wohl nichts werden. Der Vater musste sofort zum Arzt.

Ob Dr. Völker wohl noch in der Praxis ist? Und es wäre gut, wenn die Sprechstundenhilfe auch noch da wäre.

Ich rannte schnell zum Telefon und beschrieb der Helferin den Unfall. Ja, er ist noch da und wir dürfen kommen, war die Auskunft. Schnell den Herd abstellen, ins Auto und los.

In der Praxis angekommen, fing der Doktor sofort an zu arbeiten. Ganz einfach hatte er es diesmal nicht. Drei Zehen waren verletzt. Mit jeder der drei verletzten Zehen musste etwas anderes gemacht werden. Jetzt konnte der Arzt sich endlich mal austoben und seine ärztliche Kunst zeigen. Die OP ist ihm selbstverständlich wieder einmal gut gelungen. Dieses Mal hat er sogar noch seine Mittagszeit geopfert.

Nach etwa drei Wochen, konnte man bei meinem Mann wieder fünf Zehen erkennen. Solche von Dr. Völker gebastelten Zehen hat auch nicht jeder. Sie sind schon etwas Besonderes! Der Rasenmäher wurde seit dem Unfall mit viel mehr Respekt behandelt.

Mein Besuch beim Arzt

Habe ich nichts an mir, an dem der nette Doktor arbeiten kann? Solch besondere Sachen zum Schnibbeln, wie der Rest meiner Familie, kann ich dem Doktor allerdings nicht bieten. Vielleicht habe ich nicht vielleicht doch eine Kleinigkeit für ihn? Ich überlege und mir fällt eine kleine Warze im rechten Augenwinkel ein. Die stört mich schon lange. Keine fünf Minuten war ich beim Doktor und die Warze war weg

Nichts Besonderes für den Doktor. Allerdings war der Abschied typisch für ihn. Sein Tipp für mich war: dass ich in Zukunft mein rechtes Auge beobachten solle. Im Laufe der Jahre würde ich feststellen, dass der Faltenwurf beim rechten Auge anders sein würde, als beim linken Auge.

Ha ha ha!

Bei meinem nächsten Besuch beim Doktor hatte ich wieder eine ganz kleine Warze, diesmal ganz oben am inneren rechten Oberschenkel. Diese Warze störte mich mehrmals am Tag, nämlich immer dann, wenn ich das WC benutzte. Deshalb sollte die Warze weg. Es dauerte nur fünf Minuten und Dr. Völker hatte das Ding entfernt. Beim Abschied gab er mir den Rat, dass ich in den nächsten Tagen beim Sex etwas vorsichtig sein sollte.

Mein Mann war damals gerade für ein paar Wochen auf Montage in China. Deshalb sagte ich zu Dr. Völker: „Das ist nicht nötig, denn mein Mann ist zur Zeit auf Montage in China." Dr. Völker stutzte und sagte, (grinsend oder vorwurfsvoll?) „Habt Ihr denn keinen hilfsbereiten Nachbarn?"

Habe ich nicht ausprobiert.

Nur ein kleines Wortspiel

Ich stand an der Kasse eines Lebensmittelladens und war dabei mit Bargeld zu bezahlen. Die Kassiererin zählte bereits das Rückgeld für mich ab. Es handelte sich um Geldscheine. Mit einem erstaunten Ton sagte ich so ganz allgemein vor mich hin: „Oh, jetzt gibt sie mir auch noch Altpapier!" Die Kassiererin guckte verdutzt oder vorwurfsvoll und meinte: „Nein, das ist GELD!"

Ich guckte auch verdutzt und sagte verwundert: „Ja, also doch Altpapier?!"

Sie guckte immer noch erstaunt. Vielleicht dachte sie auch nach? Allerdings fand sie es leider überhaupt nicht witzig.

Ich hätte so gern ihre Laune mit diesem kleinen Wortspiel verbessert. Hat nicht geklappt!

Die hässliche Haustür

Gerne trete ich mal in ein Fettnäpfchen. Manchmal ist es auch peinlich, sonst wäre es ja auch kein Fettnäpfchen.

Besonders peinlich war mir die Sache mit der

hässlichen Haustür. Ich war übrigens nicht die Einzige im Ort, die diese Haustür nicht leiden mochte.

Als ich eines Tages mit dem Fahrrad vom Einkaufen kam, stand ein Möbelwagen mit einer Kücheneinrichtung vor dem Haus mit besagter Haustür. Nanu, den Herrn, der den Einbau überwachte, kannte ich doch. Diese Firma hatte auch bei uns die Küchenmöbel geliefert und eingebaut. Ich hielt kurz an und sagte: „Hallo!" Dann konnte ich es nicht lassen und fragte ihn: „Haben Sie schon mal solch eine hässliche Haustür gesehen? Sie finden die Tür doch sicher auch hässlich?"

Seltsamerweise musste er eine Weile überlegen! Dann sah ich auch, weshalb er nach Worten suchte. Am Rande des Gartens erhob sich eine Frau. Sie hatte auf dem Rasen gekniet und Unkraut gezupft. Der Herr mit den Küchenmöbeln hatte sie bestimmt bereits vor mir entdeckt. Es war die Eigentümerin des Grundstücks und somit auch Eigentümerin besagter Haustür.

Etwas verlegen sagte der Mann, der die Küchenmöbel brachte: „Och, irgendetwas hat die Tür aber doch!" Daraufhin musste ich dem Küchenmenschen ein wenig zustimmen: „Ja, Sie haben recht! Irgendwie hat sie was!"

Die Eigentümerin hat natürlich alles gehört. Sie selbst sagte aber kein Wort. Sie guckte mich nur böse an. Leider muss ich zugeben: Sie hatte recht! Daraufhin machte ich mich schnell und kleinlaut vom Acker.

Im Übrigen sieht die Eingangstür immer noch so aus wie damals. Allerdings habe mich aber inzwischen an sie gewöhnt - an die Tür!

Die Fettbluse

Ich hatte mal eine Lieblingsbluse. Sie war altrosa, aus Seide, und hatte lange Ärmel. Eines Tages hatte ich sie beim Braten von Frikadellen anbehalten. Beim Braten wollte ich deshalb sehr vorsichtig sein.

Aber nein, das Fett spritzte natürlich auf meine schöne Bluse. In diesem Moment habe ich mich noch nicht geärgert, weil ich der Meinung war: Ist nicht schlimm, geht doch sicher beim Waschen raus. Schon am Abend legte ich die

Bluse in eine Schüssel mit Wasser und Waschmittel für empfindliche Stoffe. Ich hoffte, dass die Fettspritzer am nächsten Tag weg sein würden. Aber leider war durch diese Behandlung kein einziger Fettfleck verschwunden, alle blieben hartnäckig an Ort und Stelle.

Nun wollte ich noch mehr Fetttupfer auf der Bluse verteilen und einwirken lassen, am nächsten Tag dann vorsichtig ausspülen. Ich hatte mir die Bluse mit vielen Tupfern ganz nett vorgestellt. Aber das Ergebnis war nicht besonders.

Der letzte Versuch: Dieses Mal wollte ich die ganze Bluse in viel Öl legen. Einen Tag später sanft waschen und bügeln. Die Farbe würde dann vielleicht etwas dunkler sein als vorher, aber das machte nichts, weil das Öl gleichmäßig verteilt sein würde. Zuerst einmal kommt die Bluse gebügelt in den Schrank. Es wird wohl irgendwann eine Gelegenheit kommen, die Bluse anzuziehen. Sie kam.

Ich öffnete den Kleiderschrank und erschrak über den Gestank. Was war das nur? Es roch wie schlecht gewordenes Essen! Irgendwie war es das ja auch. Meine schöne altrosa Seidenbluse war *ranzig* geworden und stank nun vor sich hin. Ich habe sie nie wieder angezogen.

Neles Meerschwein macht Urlaub

Unsere Enkelin Nele will mit ihren Eltern in die Ferien fahren. Ihr Meerschwein darf in dieser Zeit bei uns Urlaub machen. Wir haben viel Rasen, Sonne oder Schatten nach Bedarf, und ganz viel frische Luft. Nachdem das Schwein schon ein paar Tage bei schlechtem Wetter bei uns war, wurde das Wetter plötzlich besser. Deshalb sollte Eberhard, so hieß das Meerschwein, ein paar schöne Stunden im Garten verbringen.

Ich brachte das Oberteil vom Käfig an einen schönen Platz auf den Rasen. Es sollte zwischen dem Holzhaus und den Rhododendronbüschen stehen. Ich fing an, den Käfig einzurichten: Zuerst das Schlafhaus, dann den Fressnapf und den Wasserbehälter, in die ich auch etwas Gutes zum Fressen und Trinken tat.

Über den Käfig legte ich zur Hälfte ein Handtuch. So konnte Eberhard zwischen Sonne und Schatten wählen.

Nachdem ich Eberhard versorgt hatte, konnte ich eine Weile ins Haus gehen und etwas Hausarbeit suchen, und vielleicht auch finden, haha.

Als mein Mann von der Arbeit kam, tranken wir zuerst Kaffee, und danach wollten wir in den Garten gehen. Aber mein Mann wollte vorher unbedingt Neles Meerschwein begrüßen. Aber, welch ein Schreck! Der Käfig war leer. Wir haben ein wenig gesucht. Leider kann man solch ein kleines Tier schlecht finden, wenn es sich versteckt hat. Wir haben es also nicht gefunden.

Ich holte eine Möhre aus der Küche und legte sie in den Käfig. Damit wollte ich Eberhard zu seinem Käfig locken. Es begann langsam dunkel zu werden. Was sollten wir nur machen?

Ich legte mich bäuchlings auf den Rasen und guckte unter unser, auf Pfählen stehendes, Holzhaus. Dort aus der Finsternis leuchteten mich zwei Äuglein an. Eberhard war also noch im Garten. Sein Käfig mit der Verpflegung und der ganzen Einrichtung stand nur zwei Schritte vom Holzhaus entfernt. Hoffentlich ging er bald zum Fressen und Schlafen in den Käfig.

Am nächsten Morgen war mein erster Gang zu Eberhard. Die Möhre war weg, aber Eberhard leider auch. Was nun? Ich holte eine frische Möhre aus der Küche und band diese im Käfig fest. Wenn er wollte konnte er die Möhre fressen, aber nicht wegschleppen. Pustekuchen, es kam ganz anders.

Als ich später zurückkam, war der Faden durchgenagt. Jetzt waren Eberhard und auch die Möhre weg.

Beim Nachdenken fielen mir die tollen Fernsehsendungen mit Bernhard Grzimek ein.

In seinen Sendungen konnte man sehen, wie verschiedene Wildtiere unverletzt gefangen wurden. So wollte ich es mit dem Meerschwein auch machen.

Mit den mir zur Verfügung stehenden Sachen wollte ich nun etwas basteln. Phantasie habe ich ja! Zuerst holte ich zwei Ziegelsteine. Auf diese stellte ich die hintere Wand des Käfigs, aber ganz außen an den äußersten Rand. Die vordere Wand sollte auf dem Rasen bleiben. An diesen Teil des Käfigs knotete ich ein langes Band. Danach habe ich eine neue Möhre geholt und diesmal im Käfig auf dem Rasen festgenagelt. Diese Möhre sollte Eberhard nicht wieder wegschleppen. Für mich machte ich jetzt in zwei Metern Entfernung einen Beobachtungsposten fertig. Dazu brauchte ich eine Liege, ein Buch und das lange Band vom Käfig. Mit diesen Sachen machte ich es mir ganz gemütlich, hielt mir ein Buch ganz unauffällig vor die Nase und guckte interessiert hinein. Es sollte so aussehen, als ob der leere Käfig mich nicht die Bohne interessierte.

Wenn Neles Meerschwein jetzt unter dem Holzhaus hervorlugen würde, könnte es meinen, dass ich es gar nicht beachte, weil ich ja offensichtlich ein spannendes Buch lese.

Lange brauchte ich nicht zu warten! Eberhard kam unter dem Holzhaus hervor. Er lehnte sich an die hintere Käfigwand. Weil der obere Käfig zur Zeit nicht mit seinem Unterteil zusammengehakt war, entstand gerade ein kleiner Spalt.

Schwups, war das Meerschwein auf dem Gras im bodenlosen Käfig bei der Möhre. Schnell zog ich jetzt an dem Band, an dem der Käfig befestigt war. Der Käfig plumpste vom Ziegelstein auf den Rasen. Hurra, ich hatte Eberhard gefangen.

Zusammen mit meinem Mann brachte ich den Käfig und die Einrichtung des Käfigs, in unser Wohnzimmer und setzten den Eberhard dazu.

Wir freuten uns, dass Eberhard sein Abenteuer gesund überstanden hatte und Nele ihren alten Eberhard zurück bekommen würde.

Der Mann vom Katasteramt

Was macht man, wenn man gerade ein wenig Langeweile hat, aber einen Garten? Im Garten findet man immer Arbeit. Manchmal ist auch jemand in einem Nachbargarten. Dann kann man ein paar Worte schnacken. An diesem Tag aber war ich ganz allein.

Aber nanu! Auf der Einfahrt von unseren Nachbarn zur Rechten ging ein Fremder! Der Fremde hatte einen Aktendeckel in der Hand. Er machte den Eindruck, als ob er von der Einfahrt des Nachbarn aus, unseren Garten ganz genau ansehen wollte. Das musste ich genau wissen.

Ich schlenderte also mit meinem Schäufelchen und meinem Eimer in Richtung Nachbars Einfahrt.

Dort guckte ich interessiert und fragte ihn, was er denn wolle. Ob er vielleicht irgendetwas oder jemanden suche.

Er sagte: „Ja und nein. Ich bin vom Katasteramt und sehe gerade, dass das Holzhaus nicht eingemessen ist." Ach du Schreck, er meint unser Holzhaus. Oha, jetzt aber vorsichtig mit den Worten sein.

Ein paar Ausdrücke kenne ich noch aus meiner Dienstzeit. Vielleicht kann ich einige Wörter davon günstig einbauen.

Dann mal los!

Ich sagte: „Das Holzhaus ist nicht fest mit dem Boden verbunden, es steht lose auf Pfeilern. Deshalb muss es meiner Meinung nach nicht eingemessen werden!"

Er: „Aber es ist größer als neun Quadratmeter, deshalb sollte es eingemessen sein."

Was nun? Mir fiel spontan nur eine ziemlich abenteuerliche, erfundene Geschichte ein. Mal sehen, ob ich damit Erfolg habe.

Ich sagte zum Herrn vom Katasteramt,

„Leider kommen Sie drei Wochen zu spät. Wir wollen den Platz, auf dem das Haus steht, in Zukunft anders nutzen. Aus dem Grund haben wir vor etwa vierzehn Tagen im *Weser-Kurier* bei „Selbstabholer" inseriert. Sie werden es kaum glauben, aber es haben sich schon zwei Interessenten gemeldet. Die eine Firma will es selbst mit einem Autokran abholen. Hoffentlich klappt es."

Daraufhin verabschiedete sich der Mann vom Katasteramt wortlos. Er hat sich auch später nicht wieder gemeldet. Das Holzhaus steht immer noch an seinem alten Platz. Mit einer Laterne und einer weißen Bank davor, ist es ein hübsches Plätzchen in unserem Garten.

Fahren mit der Bundesbahn

Wenn man einen kleinen Moment nicht aufpasst, wenn man sich mal wieder ablenken lässt, wenn plötzlich etwas Anderes wichtig erscheint, wenn die Gedanken woanders sind - dann können erstaunliche Sachen passieren, auf die man nicht vorbereitet ist. Dann ist das Leben plötzlich nicht mehr langweilig.

Nun hat man die Wahl: Entweder man ärgert sich, oder man erlebt wieder mal etwas Ungewöhnliches und genießt die Situation!

Jahrelang fuhr ich mit dem Zug von Kirchweyhe nach Bremen und zurück. Zu jeder halben Stunde war die Abfahrt von Gleis Neun und zu jeder vollen Stunde von Gleis Zehn. Ich plante meinen Feierabend von Montag bis Freitag deshalb meistens so, dass ich den richtigen Zug auf dem richtigen Bahnsteig im Eiltempo erwischen konnte.

Das war jedenfalls mein Ziel.

Nun hier einige Beispiele, bei denen dieser Plan nicht funktioniert hat. Die meisten Menschen hätten sich wahrscheinlich über ihre eigene Unkonzentriertheit oder Schusseligkeit geärgert. Ich fand es aber meistens lustig, wenn der Ärger über die eigene Schusseligkeit oder Unkonzentriertheit vorbei war. Außerdem hatte ich mal wieder etwas zum Erzählen. Manchmal wunderte sich auch jemand darüber, dass ich mich nicht über meine eigenen negativen „Erlebnisse" ärgerte.

An einem Tag kam ich wiedermal im letzten Moment zum Zug. Ich ließ mich auf einen freien

Platz plumpsen. Auf dem Platz mir schräg gegenüber sah ich die Tochter unserer Nachbarn sitzen. Ich sagte zu ihr: „Da bin ich aber froh, dass
Du in diesem Zug sitzt. Nun weiß ich, dass ich im
richtigen Zug nach Hause bin." Darauf sagte sie:
„Ich fahre gar nicht nach Hause. Ich fahre zur
Schule nach Osnabrück. Dieser Zug wird nicht in
Kirchweyhe halten." Ach du Schreck! Ganz flott
und ohne ein weiteres Wort konnte ich gerade
noch aus dem Zug hüpfen. Um nach Hause zu
kommen, musste ich nur eilig in den richtigen Zug
steigen.

Ein anderes Mal saß ich bereits im Zug. Der Zug
fuhr pünktlich ab, und ich konnte bis zum Bahnhof
Kirchweyhe zehn Minuten lang in meinem Buch lesen.

Aber es kam anders.

Der Schaffner hatte am Ende des Wagens
einen Fahrgast ohne Fahrschein erwischt, dieser
wurde gerade ermahnt und bekam die Order, beim
nächsten Halt in Bremen - Burg auszusteigen.

Oh, Schreck! Bremen - Burg ist keine Station
auf meinem üblichen Weg nach Haus. Ich saß also

im falschen Zug. Dieser Zug fuhr nicht in meine Richtung, sondern in die entgegengesetzte Richtung nach Bremerhaven. Außerdem durfte ich mit meiner Monatskarte gar nicht auf dieser Strecke fahren! Bevor der Schaffner zu mir kam, ging ich zu ihm und erklärte meinen Irrtum. Daraufhin durfte auch ich in Bremen-Burg aussteigen und mit dem nächsten Zug zurück nach Bremen fahren. Dort musste ich dann nur noch in den richtigen Zug nach Kirchweyhe umsteigen. Meinen Weg nach Haus hatte ich mal wieder nur mit Umwegen geschafft.

An einem anderen Tag stieg ich in den richtigen Zug. Vor mir waren zwei junge Polizisten in Uniform eingestiegen. Bei ihnen war noch ein Platz frei. Ich setze mich zu ihnen und begann ein Gespräch. Ich erzählte den beiden, dass unser jüngerer Sohn auch Polizist in Bremen sei. Ich fragte nach ihrem Revier und sie fragten nach dem Revier unseres Sohnes. Inzwischen war der Zug schon unterwegs. Ich guckte kurz aus dem Fenster, weil ich sehen wollte, wo der Zug gerade war.

Huch, da verschwand gerade das Schild, *Kirchweyhe*, meine Heimatstation! Jetzt musste ich eine Station weiter fahren und mit dem nächsten Zug wieder zurück. Ist nicht schlimm, kenne ich ja schon.

Das Highlight der Erlebnisse im oder mit dem Zug kommt jetzt: Ich bin mal wieder auf dem Weg nach Haus und sitze tatsächlich im richtigen Zug.

Der Schaffner kommt. Er will die Karten kontrollieren. Ich will den Griff meiner Handtasche nehmen, um meine Monatskarte aus der Tasche zu holen. Aber, oh Schreck, es ist nur der Griff von meinem Einkaufsbeutel, der neben mir auf der Sitzbank liegt! Darin ist leider nur ein frisches Brot, aber keine Ausweispapiere und erst recht keine Fahrkarte!

Zum Schaffner sage ich: „Ich fahre gerade schwarz und ich weiß nicht, wo meine Tasche mit meinen sämtlichen Papieren und meinen Hausschlüsseln ist. Ich hoffe, dass ich sie im Amt stehengelassen habe." Der Schaffner sagt: „Ist ok. Viel Glück bei der Suche."

Ich radele also nach Hause, hole den Ersatzschlüssel aus dem Versteck und telefoniere mit dem Kollegen in Bremen. Der guckt zu meinem Schreibtisch und sieht meine Tasche dort stehen. Ich bin sehr froh und radele sofort wieder zum Bahnhof. Im Zug kontrolliert mich wieder derselbe Schaffner. Unaufgefordert teile ich ihm mit: „Ich fahre schon wieder schwarz. Meine Tasche ist noch im Dienst, ich hole sie gerade." Der Schaffner freut sich für mich. Nachdem ich meine Tasche geholt habe, werde ich an diesem Tag zum zweiten Mal versuchen, nach Haus zu kommen: Dieses Mal im richtigen Zug, mit der richtigen Tasche und sogar mit meinem gültigen Fahrausweis.

Der neue unbekannte Kontrolleur fand es völlig normal, dass ich mit einem gültigen Fahrausweis im Zug sitze. Er kannte ja auch die aufregende Vorgeschichte nicht.

Man sieht, dass keine Zugfahrt wie die andere ist. Als Pensionärin vermisse ich diese Fahrten mit dem Zug ein wenig. Die Chance zu weiteren spannenden Erlebnissen beim Zugfahren ist nun vorbei. Schade.

Kater Sam

Irgendwann gefiel es uns in der Wohnung in Bremen nicht mehr. Also begannen wir uns ein Plätzchen für ein Haus zu suchen. Uns gefiel der Ort Weyhe ganz gut. Wir kauften dort also ein Grundstück und bauten ein Haus. Die Freizeit verbrachten wir mit Arbeit in Haus und Garten. Aber irgendwie war es hier ohne Kinder und ohne Haustiere zu ruhig und zu langweilig.

Nach reiflicher Überlegung wollten wir es zuerst einmal mit einem Haustier versuchen. Die Frage stellt sich, Katze oder Hund?

Fahren wir doch mal ins Tierheim und gucken, welches Tier gerne zu uns möchte.

Wir brauchten nicht lange zu suchen. Unser erster Blick fiel auf eine Handvoll kleiner Kätzchen. Ein kleines, total schwarzes Wesen, guckte uns an. Wir haben uns sofort in diesen schwarzen Kater verliebt. Weil gerade September war, bekam er den Namen Sam. Dieses wunderschöne, schwarze Lebewesen kam in unsere Familie wie ein Sommergewitter.

Bisher hatten wir nur einmal einen Hamster mit dem Namen Stummel bei uns wohnen. Leider war es nur ein kurzes Vergnügen, mit diesem kleinen Tier leben zu dürfen.

Nach zwei Jahren verabschiedete er sich schon in den Hamsterhimmel. Wenn jeder Goldhamster nur zwei Jahre alt wird, dann hätten wir alle zwei Jahre einen Trauerfall und eine Beerdigung. Nein, das wäre zu traurig für uns.

Nun hatten wir einen wunderschönen schwarzen Kater. Zur Zeit war er ja noch ein kuscheliges Kleintier. Begehrter Kater bei den Kätzinnen musste er noch werden.

Es dauerte nicht lange, da hatte er uns im Griff. Am Ende eines Tages saßen wir gerne auf dem Sofa und guckten fern. Jeder von uns Menschen wollte der Erste auf dem Sofa sein. Weshalb wohl? Schuld daran war Sam. Sobald einer von seinen Menschen auf dem Sofa saß, kam Sam und machte es sich auf dessen Schoß bequem. Er stand erst wieder auf, wenn er nach draußen gelassen werden wollte. Dann öffneten wir ihm die Terrassentür, damit er in die Nacht spazieren konnte. Für uns war es das Zeichen ins

Bett zu gehen.

Nun fragt sich manch einer, wie kommt das arme Tier zurück ins Haus? Kein Problem für Sam und uns. Wenn Sam in der Nacht ins Haus wollte, brauchte er nie lange zu warten. Er sprang auf die Fensterbank, stellte sich auf seine Hinterbeine neben unser gekipptes Schlafzimmerfenster und miezte uns wach. Sobald er es rascheln hörte, weil einer von uns Menschen aufstand, sprang er von der Fensterbank runter und wartete auf seinen Menschen, der ihm die Tür öffnen würde.

Das hat viele Jahre prima funktioniert. Sogar als wir zwei ganz tolle Söhne bekamen, hat es mit der Bedienung von Sam immer noch gut geklappt. Die Jungs hatten ihre Zimmer in der oberen Etage. Wir Eltern haben uns um den nächtlichen Einlass von Sam gekümmert.

Anders wurde es, als die Jungs oben manchmal Streit hatten. Du sollst dies nicht oder das nicht. Du darfst nicht in mein Zimmer, wenn ich nicht dabei bin, und so weiter. Wir Eltern hatten den ewigen Streit bald satt. Was können wir tun? Wir könnten unser Schlafzimmer nach oben verlegen und ein Sohn bekommt dann unser Schlafzimmer im Erdgeschoss. Alles klar, wir haben also Zimmertausch gemacht. Wie regeln wir das aber mit Sam? Sam will jede Nacht ins Haus gelassen werden, aber er soll nicht den unten schlafenden Sohn wecken!

Mein Mann hatte eine wunderbare Idee. „Ich baue eine Klingel für den Sam!" Wie das wohl gehen soll? Ich habe mir den Sam vorgestellt, wie er mit seiner kleinen Pfote auf einen Klingelknopf an der Wand drückt! Alles Unsinn.

Er hatte die Wahnsinnsidee, aus einer leeren Zigarrenkiste und mehreren anderen Zutaten (was man so braucht, wenn es irgendwo klingeln soll), eine Klingel für unseren Sam zu bauen! Der Deckel dieser Kiste war übrigens beweglich. In der Kiste waren viele Teile, die zusammen eine Katzenklingel werden sollten. Von der Kiste wurde nun ein langer Draht nach oben in unser neues Schlafzimmer gelegt. Der Kontakt wurde hergestellt, wenn man den Deckel mit der Hand runter drückte, oder sich als Kater auf die Kiste setzte. Diese Klingel mit der langen Leitung zu unserem neuen Schlafzimmer klingelte ziemlich laut.

Die Katzenklingel in Form einer Zigarrenkiste, wurde genau an der Stelle auf der Fensterbank befestigt, an der Sam die Jahre vorher den nächtlichen Einlass begehrt hat. Gleich in der ersten Nacht nach dem Einbau seiner Katzen-klingel hat der Kater geklingelt. Sam hat nicht stundenlang Sturm geklingelt, nein! Sobald einer seiner Menschen oben aus dem Bett stieg, konnte er es unten hören. Dann sprang er auf den Boden und stellte sich an die Terrassentür, um eingelassen zu werden. Er hat seine Klingel viele Jahre benutzt.

Übrigens schärfte Sam seine Nägel auf unserem Flur an einer Mauerecke. Ist ja nicht schlimm, er darf das. Allerdings hatte er sich nach vielen Wochen durch Tapete und Putz durchgearbeitet. Jetzt konnte man schon die Mauersteine sehen. Ab sofort durfte er das nicht mehr. Nun musste mein Mann etwas erfinden. Er hatte wieder eine gute Idee. Er befestigte auf beiden Seiten dieser Ecke im Flur Holzbretter, die irgendwo übrig geblieben waren. Diese Bretter an seiner Kratzwand wurden von Sam sofort akzeptiert. Sie haben sein Leben lang gehalten.

Den allergrößten Dienst hat er uns aber erwiesen, als er unser Haus vor einer Überflutung rettete. Die Geschichte fing mit einer Reise an.

Wir fuhren mit der ganzen Familie in den Schwarzwald, und baten eine liebe Nachbarin, sich um unseren Sam zu kümmern. Das Haus wurde wie immer für dieses Ereignis vorbereitet. Jede Tür im Erdgeschoss bekam ein Handtuch von Türgriff zu Türgriff. Auf diese Weise konnte Sam von Zimmer zu Zimmer gehen und keine der Türen konnte zuklappen. Am Wichtigsten war die Tür in den Keller. Im Keller war ein Fenster für Sam vorbereitet. Die Roste draußen war so gesichert, dass kein Mensch unbefugt ins Haus gelangen konnte. Das Kellerfenster blieb immer offen. Einen Tag vor unserer Abreise zeigten wir Sam das für ihn offen stehende Fenster. Er hat diese neue Möglichkeit, selbständig raus und reingehen zu können, sofort verstanden. Gleich in der ersten Nacht, nutzte er dieses neue Angebot. Unsere liebe Nachbarin hat unseren Sam jeden Tag gut versorgt, mit Futter, Kiste sauber machen und streicheln.

An einem Tag kam sie ins Haus und unser Sam

stand an der Kellertür und miezte. Er ging hin und her und miezte. Unsere Nachbarin ließ sich „überreden" und wollte mit ihm in den Keller gehen.

Aber, oh, Schreck! Auf der vorletzten Stufe schlugen ihr bereits die Wellen entgegen. Außerdem hörte sie noch irgendwo Wasser spritzen. Deshalb musste das Wasser so schnell wie möglich abgestellt werden. Aber wie und wo?

Es war Wochentag und alle Männer in der Straße waren zur Arbeit. Aber die Nachbarin machte einen Nachbarn ausfindig, der zu Haus war. Er kam mit in unseren Keller: ohne Schuhe, die Hose hatte er hochgekrempelt. Dieser nette Nachbar hat ganz schnell den Abstellhahn gefunden. Damit war die Sache für unsere liebe Nachbarschaft aber noch nicht zu Ende.

Am Nachmittag haben sich dann alle auf unserem Grundstück getroffen. Spontan wurde der Arbeitsdienst zum Auspumpen des Kellers organisiert. Außerdem wurden alle nassen Gegenstände nach oben auf die Terrasse zum Trocknen getragen. Weil sie diese Arbeit gemeinsam und noch am selben Tag für uns gemacht haben, ist nichts kaputt gegangen.

Diese Geschichte ist kein Märchen, es ist wirklich geschehen.

Der Urlaub ging dem Ende entgegen. Wir freuten uns schon auf unser Zuhause. Als wir in unsere Straße einbogen, wurden wir auf der Straße schon von allen Nachbarn erwartet. Auf unserer Mauer standen vier große Eimer mit Wasser. Wir waren sprachlos und guckten dumm aus der Wäsche. Die Nachbarn grinsten und sagten, ihr habt kein Wasser im Haus, und luden uns zu Kaffee und Keks in unser eigenes Wohnzimmer ein. Kaffee und Keks hatten sie selbstverständlich dabei, denn bei uns gab es ja nicht einmal Wasser für den Kaffee.

In dieser gemütlichen Runde haben sie uns dann diese schier unglaubliche, aber wahre Geschichte erzählt. Es war im Übrigen kein Fall für die Versicherung. Weil alles Nassgewesene in Ruhe trocknen konnte, ist nichts kaputt gegangen und wir konnten der Versicherung keinen Schaden melden. Für unseren Sam gab es eine extra Portion gebratene Leber.

Im Alter von 18 Jahren ist unser Sam leider gestorben. Er hat sein Grab mit einem großen Feldstein in unserem Garten.

Sams Nachfolgerin Kitty

Einige Jahre waren wir ohne Haustier. Vielleicht sollten wir bald mal nach einer neuen Katze Ausschau halten.

Eine Weile, nachdem wir diesen Gedanken hatten, hörten wir von einer total weißen Katze. Sie lebte noch auf einem Bauernhof ganz in unserer Nähe. Der Bauer wollte die Katze abgeben. Wir meinten: Nach unserem pechschwarzen Sam ist eine schneeweiße Kitty vielleicht genau richtig.

Wir fuhren am nächsten Tag mit dem Auto zum Bauernhof und nahmen auch schon einen Karton für den Transport der Katze mit. Selbstverständlich wurde die Katze Kitty sofort unser neues Familienmitglied.

Der Unterschied zwischen dem schwarzen Sam und der weißen Kitty hätte größer nicht sein können. Zum ersten war sie eine Katze und kein Kater. Zum zweiten war sie total weiß, im Gegensatz zu Sam, der ja total schwarz war.

Als Clou hatte Kitty ein gelbes und ein blaues Auge. Diese Rasse mit den zwei unterschiedlichen

Farben der Augen kommt ursprünglich vom Van-See in der Türkei. Nun haben wir solch ein Exemplar zu Haus.

Leider war sie nicht so lieb und verschmust wie Sam. Aber so war sie nun mal. Sie ist ein ziemlich eigenwilliges Familienmitglied geworden, aber wir haben alle ihre Unarten akzeptiert.

Wir hatten vermutet, dass nur Kater ihr Revier markieren würden. Aber nachdem Kitty einige Tage bei uns lebte, sahen wir, dass sie im Garten manche Büsche markierte. Wir dachten nur, nanu, sie ist doch ein Mädchen. Dann bemerkten wir, dass sie im Haus mit Vorliebe elektronische Gegenstände markierte.

Das gefiel uns aber gar nicht.

Als unser Videorekorder nicht mehr funktionierte, hat mein Mann es auseinander genommen und entdeckt, dass im Gerät einige Teile verklebt waren. Wahrscheinlich hat es Kitty nicht gepasst, dass das Gerät nachts manchmal Geräusche machte. Es wurde dann Musik aufgenommen. Sie meinte es markieren zu müssen. Vielleicht käme dann kein Geräusch mehr in der Nacht.

Leider traf sie des Öfteren dabei auch die kleinen Schlitze bei den Tasten. Auf diese Weise verklebten durch die Markierung mit der Zeit die inneren beweglichen Teile des Gerätes. Inzwischen funktionierte es überhaupt nicht mehr, aber Kitty hatte in der Nacht ihre wohlverdiente Ruhe. Kein elektrisches Gerät machte sie des Nachts mehr nervös!

In unserer Straße war sie ebenfalls berüchtigt. Eine Nachbarin erzählte, dass unsere weiße Katze sich in das Futterhäuschen für die Vögel gequält hätte. An jeder der Seiten hing ein Bein der Katze runter. Es soll ein einmaliger Anblick gewesen sein. Ein Foto für die Nachwelt konnte die Nachbarin leider nicht schießen, die Katze war schon weg, als die Nachbarin zurückkam.

Ein anderer Nachbar berichtete, dass Kitty auf seinem Dachfirst entlang spazierte und seinen Taubenschlag besuchen wollte. Er hat sie aber daran gehindert.

Einmal habe ich Kitty beobachtet, wie sie mit einer lebenden Maus im Maul in den Garten kam. Diese selbst gefangene Maus hat sie sofort an Ort und Stelle aufgefressen. Gleich darauf lief sie wieder weg und kam nach einer Weile mit einer neuen Maus in den Garten. Innerhalb von fünfzehn Minuten hat sie sich fünf Mäuse geholt und in unserem Garten aufgefressen.

Die Besitzerin des Mäusenestes hat sich gefreut, dass unsere Kitty das Mäusenest in ihrem Kompost vernichtet hat.

Bevor eine Maus eine Mahlzeit für eine Katze wird, muss die Katze eine Weile mit der Maus spielen. Ich beobachtete Kitty schon eine Weile, wie sie mit einer Maus spielte. Wenn die Maus sich nicht mehr bewegen wollte, hat Kitty sie angeschoben, genauso wie kleine Kinder es mit Spielzeugautos machen.

Kitty wollte nicht so gerne von mir bei ihrem grausamen Spiel beobachtet werden. Deshalb nahm sie die Maus und trug sie zum Johannisbeerbusch. Dort guckte ich ihr trotzdem weiter fasziniert zu.

Nach einiger Zeit legte sich Kitty auf den Rücken, warf die Maus mit ihren Pfoten hoch und fing die Maus dann wieder auf. Plötzlich kam die Maus aber nicht wieder runter. Sie war in einer

Gabelung des Busches hängen geblieben. Kitty fing nun an, die Maus zu suchen. Sie suchte und suchte, hat die Maus aber nicht gefunden. Es hat lange gedauert, aber irgendwann war alles zu Ende. Die Maus fiel von allein runter. Ganz schnell wurde aus der Spielzeug-Maus eine Mahlzeit-Maus.

War es nur grausam, oder war es auch lustig? Auf jeden Fall war es sehr interessant. Jeder Mensch weiß, dass es so auf der Welt zu geht. Zu sehen bekommt man so etwas aber sehr selten. Für mich war es ein besonderes Schauspiel. Ich werde es nicht vergessen.

Kittys Ende kam an einem Heiligen Abend. Unser jüngerer Sohn rannte mit ihr die Treppe rauf, zum Schlafen. Das machten die Beiden jeden Abend so. An diesem Abend war es anders. Plötzlich schrie Kitty ganz laut und hörte nicht mehr auf zu schreien. Sie konnte sich nicht mehr bewegen, sie hatte einen Schlaganfall!

Wir suchten im Telefonbuch die Telefonnummer einer Tierklinik in Bremen. Vater und Sohn brachten Kitty dann noch in der Heiligen Nacht ins Krankenhaus.

Am folgenden Tag, dem ersten Weihnachtstag, ist sie dort gestorben.

Ihr Tod war so besonders, wie ihr Leben. Die Mäuse freuten sich nun sicher, denn sie hatten ab jetzt ein sorgenfreies Leben.

Der verlorene Sohn – aber nicht der aus der Bibel

Als unser jüngster Sohn gerade mal drei war, ging er das **erste** Mal verloren. Das Ganze geschah bei einer Ausstellung für Erwachsene in Bremen, direkt an der Weser, am Lankenauer Höft. Für die Kinder gab es aber auch Sachen zum Spielen und zum Gucken auf dem Platz.

Unter anderem hatte man dort ein sehr großes Plastikbecken mit Wasser aufgebaut. Darin fuhren kleine ferngelenkte Boote. Kleine Kinder durften dort unter Aufsicht mit den Booten spielen. Unser Kleiner war sehr interessiert und guckte gern zu.

Das war der Moment, um ohne unseren Kleinen ins Gewerbezelt zu gehen. Wir erklärten ihm, dass wir dort nicht lange bleiben würden. Bis wir wiederkämen, dürfte (oder sollte) er bei dem Wasserbecken bleiben und die Boote angucken. Bleib da, wir kommen dann zu dir, versprachen wir ihm.

Nach einiger Zeit kommen wir also aus dem Gewerbezelt und gehen ein paar Schritte in Richtung Wasserbecken. Unser Kind ist nicht zu sehen. Wir suchen zwischen den anderen Besuchern und fragen nach ihm. Niemand hat einen kleinen traurigen, weinenden Jungen gesehen. Ängstlich gehen wir zum Weserufer. Aber auch hier ist unser Kind nicht zu sehen. Langsam bekommen wir Angst.

Am Ende der Ausstellung steht ein sehr hoher Mast der Wasserschutzpolizei. Die Kabine an der Spitze ist besetzt. Von dort oben beobachten Beamte das Geschehen. Aber sie tun noch etwas anderes: Sie passen auf einen kleinen Jungen auf, der sich dort oben sehr wohl fühlt. Gerade kommt eine Durchsage: Vermisst jemand einen kleinen Jungen? Er heißt Karsten und möchte zu seinen Eltern zurück.

Wir meldeten uns und bekamen ihn buchstäblich aus dem Himmel zurückgesandt. Gut gelaunt war er außerdem. Er hat mal wieder sehr großes Glück gehabt. Denn welcher kleine Junge darf schon in luftiger Höhe mit seinen Lieblingsmenschen, den Polizisten, auf die Weser und die Ausstellung gucken?

Welche Freude, dass er so heil und gut gelaunt aus luftiger Höhe wieder zu uns gekommen ist.

Das **zweite** Mal war er fünfeinhalb Jahre alt, als er verloren ging. Der Bruder meines Mannes wohnte mit seiner Frau im Süden von Kalifornien. Die Beiden hatten unsere ganze Familie zu sich eingeladen. Vierzehn Tage durften wir sie besuchen. Die Ausflüge mit den Beiden waren für uns alle wunderbar.

Aber an diesem unvergesslichen Tag hatte Gretchen, eine Freundin der Familie, die Aufgabe, uns Vieren einen netten Tag zu bereiten.

Sie fuhr mit uns nach Balboa Island. Das ist eine hübsche kleine Insel im Hafen von Newport-Beach. Dort gibt es viele Gaststätten, sehr interessante Schaufenster, sehr hübsche Häuser, ein Zelt mit Spielautomaten, viele Boote, und natürlich auch einen großen Parkplatz. Dort hatte Gretchen ihr Auto geparkt. Jetzt konnten wir alle zusammen Balboa-Island erobern.

Wir beguckten viele kleine Geschäfte. Nicht nur im Laden direkt waren die hübschen Sachen ausgestellt, nein, im Gang bis zur Ladentür gab es noch viele sehr hübsche Sachen zu sehen. Ich drehte mich um und wollte unserem Kleinen gerade sagen, dass wir alle in den Laden gehen wollen und er bitte nichts anfassen soll.

Ich drehte mich um. Huch, wo ist er denn? Im Laden war er noch nicht. Dann ist er vielleicht vor dem Laden auf dem Bürgersteig! Vier Paar Augen sahen nach rechts und nach links. So weit man gucken konnte, war nichts von unserm Kind zu sehen. Tja, und nun?

Nun teilten wir uns auf und sahen in jeden Ladeneingang. Niemand hatte ihn gesehen. In einer Spielhölle fragten wir nach unserem Sohn, aber unser Bengelchen war auch dort nicht aufgetaucht. Wir hofften, ihn bei einem kleinen Karussell zu finden, aber vergebens. Einige Menschen fragten wir, ob sie einen kleinen weinenden Jungen gesehen hätten. Nein, niemand hatte ein hübsches, blondes, deutsches Kind gesehen. Unser großer Junge machte den Vorschlag: Vielleicht ist er zu dem chinesischen Restaurant gegangen, in dem wir zusammen gegessen haben? Dort war er aber auch nicht.

„Sollen wir zum großen Parkplatz gehen, auf dem Gretchen ihr Auto geparkt hat?", fragte unser älterer Sohn. Ja, das machen wir. Ich konnte mir nicht vorstellen, dass unser kleiner Bengel diesen Parkplatz gefunden hat. Ich hätte nicht dorthin gefunden.

Als wir um die Ecke zum Parkplatz bogen, sagte unser großer Sohn: „Guckt mal, dahinten steht er." Tatsächlich, genau in der Mitte vom Parkplatz und direkt neben dem Auto von unserem Gretchen stand der kleine Kerl. Selbstverständlich hatte er auch dieses Mal keine Angst gehabt.

Zu uns sagte er: „So lange Gretchens Auto hier steht, musstet Ihr alle ja auch noch hier sein. Irgendwann wärt Ihr schon gekommen!"

Welch eine Logik für einen fünfjährigen Knaben.

Ich hätte übrigens nicht zu diesem Parkplatz gefunden und erst recht nicht zu Gretchens Auto.

Bin ja auch kein Junge, ha, ha.

In diesem Sommer vermissen wir unseren Kleinen zum **dritten** Mal. Die ganze Familie in die Bretagne gefahren. Unser Kleiner war inzwischen neun Jahre alt. Wir hatten uns ein kleines Ferienhaus in der Nähe von Le Havre an der Nordsee gemietet. Von dort aus wollten wir Ausflüge nach Monaco, Mont St. Michel, Paris, Etretat usw. machen, aber natürlich wollten wir auch an den Strand.

An einem Tag wollten wir einen Ausflug nach Paris machen.

Es war das Jahr, als *Werder Bremen* deutscher Meister wurde. Unser Kleiner hatte als Fan von *Werder Bremen* an diesem Tag ein T-Shirt mit dem Aufdruck: *Werder Bremen-Meister* an. Nachdem wir das Auto geparkt hatten, machten wir uns zu Fuß auf den Weg zur Kirche Notre-Dame.

Als wir dort um die Ecke zur Kirche einbogen, sahen wir dort einige junge Leute auf einer Mauer sitzen. Sie sahen unseren Kleinen in seinem *Werder-T-Shirt* und fingen sofort an, das *Werder-*

Lied zu singen. Wir fanden es nett und lustig, in Paris eine Hymne auf *Werder Bremen* zu hören.

Den folgenden Tag wollten wir am Strand gegenüber von Le Havre verbringen.

Wir Eltern und unser älterer Sohn wollten an diesem Tag nutzlos am Strand herumliegen. Unserem Kleinen war das zu langweilig, er wollte am Strand spazieren gehen. Ok, genehmigt.

Nachdem er eine halbe Stunde weg war, begannen wir schon Ausschau zu halten. Hat ein Neunjähriger Lust, so lange am Strand allein spazieren zu gehen? Wir machten nochmal fünfzehn Minuten die Augen zu. Unser Kleiner war noch immer nicht in Sicht.

Jetzt wollten wir ausschwärmen, getrennt suchen, und uns dann nach einer Viertelstunde wieder am Platz treffen. Keiner von uns Dreien hatte bisher eine Spur von ihm entdeckt.

Wir sprachen ein paar Franzosen an. Sie wussten auch nichts, wollten aber die Rettung benachrichtigen.

Es dauerte eine kleine Weile, bis die Rettung alles vorbereitet hatte. Ihr Boot berührte gerade das Wasser, da rief unser Großer:

„Guck mal da ganz hinten! Das könnte er sein!"

Tatsächlich, da kam unser Kleiner ganz gemütlich den Strand entlang geschlendert.

Die Rettung brauchte nicht mehr aufs Wasser. Sie freuten sich für uns, dass alles gut ausgegangen war. Unser Kleiner wunderte sich über die ganze Aufregung. Er war doch nur ein wenig allein spazieren gegangen. Ob er wohl allein nach Haus findet?

Schon wieder war es Sommer! Wir sind mit den Fahrrädern als komplette Familie in die Bremer Innenstadt gefahren. Dort wollten wir gemeinsam ein Eis essen. Ob wir wohl nach dem Eis auch als komplette Familie nach Hause fahren? Oder wird unser Kleiner zum **vierten** Mal verloren gehen?

Es gibt mehrere, sehr schöne Wege, um mit dem Fahrrad nach Bremen zu kommen: z.B. rechts der Weser, oder links der Weser, rechts oder links vom Werdersee oder auch am Osterdeich, dort dann entweder oben oder unten am Deich. Wir entschieden uns für die Route links an der Weser entlang. Dieser Weg fängt fast bei uns zu

Hause auf dem Deich in Dreye in Niedersachsen an, (also letzter Ort vor der Grenze), und führt direkt in die Bremer Innenstadt zum Roland.

Vor dem *Friesenhof*, am Eingang zum Schnoor, schlossen wir unsere Fahrräder an und gingen in die Gaststätte. Dort gab es als Angebot für eine Familie den riesigen Familienbecher mit zwölf Kugeln Eis.

Das hörte sich gut an, das sah gut aus und war mal etwas Besonderes. Wir bestellten den Riesenbecher für uns Vier. Jeder von uns bekam einen eigenen Löffel und wir fingen auch gleich an zu schmausen. Zwölf Kugeln Eis sind eine ganze Menge, auch für eine Familie.

Wir wurden schon langsamer beim Essen. Der Kleine wollte schon aufhören, er meinte, dass sein Kopf ganz kalt wird. Nun fing er auch noch an zu quengeln und uns zu ärgern. Bei dem Theater, das er veranstaltete, schmeckte uns Dreien das restliche Eis nicht mehr so gut.

Der Papa wurde böse und schickte den kleinen Querkopf nach draußen. Er sagte zu ihm: „Geh' raus und warte bei den Fahrrädern. Wir essen nur noch zu Ende und bezahlen. Dann kommen wir."

Es dauerte nicht mehr lange und wir gingen zu unseren angeschlossenen Fahrrädern.

Irgendwie sah es dort anders aus! Unser Großer sagte: „Karstens Fahrrad ist weg." Der dazugehörige Junge ist auch nicht zu sehen. Und nun? Er ist erst neun Jahre alt und diesen langen Weg nach Bremen noch nie allein gefahren.

Wir berieten uns und kamen zu dem Schluss, dass wir sofort nach Haus fahren und jeder von uns einen anderen Weg nach Haus nehmen sollte. Einer von uns wird ihm hoffentlich begegnen.

Wir Drei kamen einer nach dem anderen zu Haus an, aber keiner von uns hatte ihn gesehen und zu Hause war er auch nicht. Was tut man in so einem Fall?

Wollen wir warten, oder die Polizei anrufen? Die Entscheidung wurde uns abgenommen. Das Telefon klingelte. Am anderen Ende war ein netter Polizist vom Revier in der Bremer Neustadt. Er sagte, wenn wir Interesse an dem kleinen Jungen hätten, könnten wir ihn und sein Fahrrad in der Wache abholen. Selbstverständlich wollten wir unseren kleinen Schatz wiederhaben. Als mein Mann im Polizeirevier ankam, saß unser Kleiner zufrieden im Gemeinschaftsraum der Polizei und guckte Fernsehen.

Den weinenden Kerl mit seinem Fahrrad hat eine liebe ältere Dame auf der Weserbrücke getroffen und ihn im Polizeirevier abgeliefert. Bei den Polizisten hat er sich natürlich gleich wohl gefühlt.

Inzwischen ist er schon einige Jahre selbst Polizist in Bremen. Man glaubt es kaum, aber er macht in der gleichen Wache Dienst, in der er vor vielen Jahren als kleiner Junge abgegeben wurde. Selbstverständlich ist er der Lieblingspolizist unserer Familie.

Drei Tage Berlin

Vor einiger Zeit planten wir, mal einige Tage in Berlin zu verbringen.

Nun sollte es los gehen. Spätestens um acht Uhr dreißig mussten wir aus dem Haus, um das Flugzeug ab Hannover nach Berlin um zehn Uhr zu erreichen.

Noch saßen wir gemütlich beim Frühstück, weil wir der Meinung waren, noch genug Zeit zu haben. Gerade sagte der Sprecher im Radio:

„Es ist jetzt neun Uhr, es folgen Nachrichten." Welche Überraschung, nur noch dreißig Minuten bis zum Abflug in Hannover! Wir ließen alles stehen und liegen, schnappten die gepackte Reisetasche, rannten zu unserem Auto und fuhren los, Richtung Hannover. Als wir auf die Autobahnabfahrt Richtung Flugplatz Hannover bogen, sahen wir, wie unsere Maschine gerade startete.

Trotzdem parkten wir das Auto, und gingen zum Schalter der Lufthansa. War gar nicht schlimm. Wir bekamen zwei Plätze in der nächsten Maschine nach Berlin und waren schon in der Mittagszeit in unserem Hotel. Wir bezogen unser Zimmer und gingen gleich am Abend zum Bummeln auf den Kuhdamm.

Die Geschichte, die jetzt kommt, ist kaum zu glauben, aber wirklich wahr.

Auf dem sehr breiten Bürgersteig vom Kurfürstendamm standen mehrere beleuchtete Schaukästen mit verschiedenen Waren.

Gegenüber sah ich zwei knapp bekleidete Damen stehen. Beide Damen hatten ein angewinkeltes Bein an einen Schaukasten gelehnt. Mein Mann sagte abwertend: „Das sind Nutten!" „Na, und! Was die wohl machen, wenn ich mich hier auch so hinstelle?", meinte ich aus Spaß. „Wollen wir das mal ausprobieren?" Wollten wir.

Ich schickte meinen Mann ein Stück den Kuhdamm zurück in die nächste Seitenstraße. Von dort sollte er das weitere Geschehen unauffällig beobachten. Später bekäme er vielleicht eine wichtige Rolle in dem kommenden, improvisierten „Laienstück".

So etwas macht mir Spaß. Wie das wohl ausgeht! Mein Mann war schon weg. Die beiden Damen beendeten ihre Pose und schlenderten über die Straße in meine Richtung.

Ich schaute ihnen interessiert entgegen. Inzwischen hatte ich mein rechtes Bein sehr malerisch an einen der Schaukästen gelehnt. Eine der Damen fragte: „Was machst du hier?"

Ich: „Nichts Besonderes. Eigentlich nur so stehen."

Eine Dame: „Das sollst du nicht. Dies ist unser Gebiet."

Ich: „Darf ich nicht ausnahmsweise heute Abend versuchen, hier ein bisschen Geld zu verdienen? Morgen fliege ich wieder nach Hause. Allerdings muss ich vorher noch mein Hotelzimmer bezahlen. Leider habe ich mir heute eine wahnsinnig teure, aber schicke Hose gekauft. Jetzt habe ich morgen früh nicht mehr genug Geld um das Zimmer zu bezahlen."

Eine Dame: „Wie viel brauchst du denn?"

Ich: „Sechzig Mark."

In diesem Augenblick kam mein Mann um die Ecke und blieb bei uns drei Damen stehen.

Er sagte nur: „Na?"

Eine Dame: „Willst du was ?"

Mein Mann: „Vielleicht! Was kostet es denn bei Euch?"

Eine Dame: „Einhundert Mark!"

Mein Mann: „Das ist mir zu viel."

Eine Dame: „Wieviel willst du denn zahlen?"

Mein Mann: „Dreißig Mark!"

Eine Dame: „Wo kommst du denn her? So billig ist das in Berlin nicht."

Eine der Damen zu mir: „Na, wie ist es mit dir? Du brauchst doch dringend Geld!"

Ich: „Ja stimmt. Aber dreißig Mark sind doch viel zu wenig. Ich brauche morgen früh sechzig Mark!"

Eine Dame: „Na ja, da hast du Recht, aber dreißig Mark sind ein Anfang. Vielleicht kriegst du heute Nacht ja noch einen Freier. Dann hast du genug Geld für das Zimmer morgen früh."

Ich: „Da habt ihr Recht."

Mein Mann: „Dann komm mit in mein Hotel!"

Zusammen gingen wir ganz unauffällig um die Ecke. Die beiden Damen haben wir stehen lassen!

Nach wenigen Minuten gingen sie zurück auf „ihre" Straßenseite. Dort würden sie auf weitere nette Herren mit einem vollen Portemonnaie warten.

Ob die Damen an diesem Abend noch Erfolg hatten ist uns nicht bekannt.

Unsere schauspielerischen Leistungen haben uns Spaß gemacht, aber für eine Rolle im Film wurden wir bisher nicht entdeckt.

Newport Beach, Kalifornien

Wir waren wieder in Kalifornien, um den Bruder Günter zu besuchen. Bei unseren Besuchen freut er sich am meisten über das deutsche Essen, welches ich zum Glück auch unheimlich gerne koche. Am folgenden Tag sollte es original deutsche Erbsensuppe geben.

Mein Mann und sein Bruder Günter hatten eine längere Fahrt vor sich, denn Bruder Günter hatte einen Termin bei einem Spezialarzt.

Ich wollte an diesem Vormittag zu Fuß zu meinem Lieblingsgeschäft Ralph`s gehen, um dort die Lebensmittel für die Erbsensuppe einzukaufen. Das durfte ich aber nicht.

Zuerst wollten die Beiden mich zu „Ralph`s" fahren, dort absetzen und dann anschließend den weiten Weg zum Doktor fahren. In Kalifornien geht man auch kurze Wege nicht zu Fuß. Aber sie ließen nicht locker. Deshalb gab ich klein bei und stieg hinten ins Auto.

Fünf Minuten später fuhren wir schon auf den Parkplatz von Ralph`s. Schnell hüpfte ich aus dem Auto und schon fuhren sie weiter.

Mit einem Einkaufswagen ging ich in den Laden und wollte die Einkaufsliste aus meiner Tasche holen. Aber, wo ist denn meine Tasche?

Mist, sie liegt auf dem Rücksitz im Auto. Ich stehe jetzt im Laden und ärgere mich lauthals. Aus dem Lager kommt eine Angestellte und fragt mich etwas. Ich versuche ihr mit meinen hundert Worten amerikanisch und vielen Gesten zu erklären, dass mein Mann meine Tasche bei sich hat, und ich deshalb kein Geld bei mir habe und nichts einkaufen kann. Sie merkt, dass ich wütend und ratlos bin. Irgendwie haben wir uns gleich gut verstanden, aber sie konnte mir nicht helfen.

Ich verlasse also den Laden und mache mich wieder zu Fuß auf den Weg zu Bruder Günters Haus. Schade, dann wird es wohl heute nichts mit der deutschen Erbsensuppe!

Auf dem Grundstück mache ich es mir im

Garten auf der Liege bequem.

Urplötzlich kommt mir ein Gespräch in den Sinn, in dem Bruder Günter uns erklärt hat, wo der Ersatzschlüssel für das Haus zu finden ist und wie der Schlüssel benutzt werden muss. Außerdem fällt mir die Stelle ein, wo das Notgeld versteckt ist.

Ich stehe sofort auf und mache mich auf die Suche nach diesen Dingen.

Ich habe beides gefunden. Die Sache mit dem Hausschlüssel war wirklich ganz besonders zu handhaben. Ich schaffte es aber, die Haustür zu öffnen und das Notgeld an seinem Platz zu finden. Ich nahm mir etwas Geld und machte mich erneut auf die Socken zum Einkaufen bei Ralph`s.

Im Laden machte ich mich auf die Suche nach den Zutaten für die Erbsensuppe.

Das Meiste habe ich allein gefunden, aber beim Suchen von bestimmten Sachen hat mir wieder die nette Angestellte aus dem Lager geholfen.

Als sie merkte, was ich kochen wollte, hat sie mir den Platz von einigen Zutaten von sich aus ge-zeigt. In der Fleischecke hat mir der Schlachter bei der Auswahl des Fleisches geholfen. Am Ende war ich ganz zufrieden mit den ausgesuchten Lebensmitteln. Geld hatte ich jetzt auch bei mir und konnte also bezahlen.

Nun schnell mit den Sachen nach Haus, wenn es geht, bevor die Männer vom Doktor nach Haus kommen.

Sie waren noch nicht zurück. Also, alles auspacken und ran an die Arbeit. Schnell alle frischen Sachen zerkleinern, das Fleisch in den Topf, alles auf den Herd und warten. Als die Männer nach Haus kamen, war die Suppe auch beinahe fertig.

Mein Mann fragte mich, wie ich denn einkaufen konnte ohne meine Tasche, und wie ich ins Haus gekommen sei. Da habe ich den beiden Männern die Geschichte erzählt.

Am meisten hat mein Schwager gestaunt, dass ich den Weg dreimal zu Fuß gegangen bin und sogar die eingekauften Sachen selbst getragen habe.

Daran erkennt man in den USA die Touristen. Ein echter Amerikaner geht auch kurze Wege nicht zu Fuß.

Die Erbsensuppe hat übrigens ganz prima geschmeckt.

Zwei Jahre später waren wir wieder zu Besuch bei Bruder Günter. Wir wollten wieder bei Ralph`s einkaufen. Wir waren schon im Laden und bewunderten noch einen Augenblick die Delikatessen. Da öffnete sich die Tür zum Lager und eine Frau kam heraus. Es war die nette, hilfsbereite Frau, die mir zwei Jahre zuvor bei den Zutaten für die Erbsensuppe geholfen hat.

Wir beide erkannten uns sofort wieder und fielen uns lachend in die Arme. Mein Mann, mein Schwager und ein Herr, der auch dort stand, alle drei staunten nicht schlecht. Wieso kennt meine Schwägerin aus der Heimat eine Angestellte von dem Laden so gut, dass sie der anderen Frau so spontan um den Hals fällt? So dachte mein Schwager.

Der Herr, der dort auch noch stand, staunte genauso. Er war der Ehemann von der netten Frau. Nur mein Mann wunderte sich nicht so stark. Er dachte wahrscheinlich: Typisch meine Frau!

Jetzt war es an der Zeit, die Situation aufzuklären. Ich erklärte meinen zwei Männern in deutsch, und die Angestellte von Ralph`s ihrem Mann natürlich in amerikanisch, dass wir beiden Frauen uns bereits vor zwei Jahren, an dem Tag der Erbsensuppe im Laden kennen gelernt haben. Schon damals haben wir beide uns sympathisch gefunden. Nun wussten die Männer Bescheid und waren beruhigt. Alle waren über unser plötzliches Zusammentreffen nach zwei Jahren verwundert.

Ich habe solche Zufälle oder Wunder ja schon des Öfteren kennen gelernt.

Mein Schlüsselbund ist weg

Was können Schlüssel?

Sie können aufschließen, sie können zuschließen, sie können Briefbeschwerer sein und sie können verloren gehen. Diesmal gingen sie verloren. Und das kam so.

Ich kam vom Sport und wollte nicht erst nach Haus um eine andere Jacke anzuziehen. Bei der Jacke, die ich gerade am Körper trug, waren die Taschen ziemlich klein. Das war eine gute Voraussetzung, den eventuellen Inhalt daraus zu verlieren. Dies kam mir bekannt vor, aber ich steckte mein Schlüsselbund trotzdem in die rechte Jackentasche und fuhr mit dem Rad zum Einkaufen. Bei *Rewe* angekommen, stellte ich das Rad in den Fahrradständer, schloss es ab und ging in den Laden. Die paar Lebensmittel waren schnell gekauft.

Ich schloss das Fahrradschloss wieder auf, steckte meine Schlüssel wieder in die rechte Jackentasche und fuhr den gleichen Weg nach Hause zurück. Die Haustür konnte ich nicht aufschließen, denn die Jackentasche war leer. Meine Schlüssel waren weg.

Ich hab es doch gewusst!!

Nun musste ich klingeln und meinem Mann den Verlust beichten.

Ich bat ihn, jetzt gleich mit mir zusammen, genau denselben Weg zurück zu fahren, aber jeder auf einer anderen Straßenseite. Auf dem Weg zu den Geschäften haben wir meinen Schlüsselbund leider nicht gefunden.

Bei *Rewe* und *Aldi* wurde er inzwischen auch nicht abgegeben. Vielleicht habe ich morgen mehr

Glück, dachte ich.

Am nächsten Tag fuhr ich allein zu *Rewe* und *Aldi*. Viel Hoffnung hatte ich nicht, aber halber Kram liegt mir nicht. Ich fragte in beiden Geschäften nach meinem Schlüsselbund, aber er wurde nicht abgegeben.

Auf dem Platz vor *Aldi* stand eine Bekannte im Gespräch mit einem Herrn. Ich ging zu den Beiden und wollte witzig sein, deshalb sagte ich zu Annegret: „Annegret, hast du bemerkt, wie schnell ich von *Aldi* wieder draußen war? Ich wollte dort auch gar nicht einkaufen, sondern nur fragen, ob mein Schlüsselbund abgegeben wurde, den ich gestern verloren habe.

Annegret sagte: „Ich weiß genau, wo dein Schlüsselbund ist, er ist in der Ulmenstraße."

Ich guckte bestimmt besonders dumm.

Nun drehte sich ihr Gesprächspartner zu mir und sagte: „An dem Schlüsselbund hängt eine lederne Katze, mehrere Fahrradschlüssel und sogar ein Schlüssel, der noch von der Firma Joppig gemacht wurde."

Als Erstes bedauerten wir beide es, dass es

diesen Laden für Heimwerker schon so viele Jahre nicht mehr in unserem Ort gibt.

Nun wollte ich aber wissen, weshalb ich mein Schlüsselbund nicht selbst gefunden habe, obwohl ich genau den selben Weg an seinem Grundstück vorbei dreimal gefahren bin.

Jetzt kommts: KAUM ZU GLAUBEN!

Die Erklärung:

Am Tag des Geschehens war der Herr schon bei *Aldi* im Laden, als ich erst ankam. Während ich noch einkaufte, war der Herr dort mit seinem Einkauf fertig und fuhr mit seinem Rad nach Haus. Meinen Schlüsselbund konnte er noch nicht finden, denn ich war noch mit meinen Schlüsseln im Laden.

Aber es dauerte nicht lange und ich machte mich auch auf den Heimweg. Mein Fahrradschloss konnte ich noch aufschließen, die Schlüssel waren noch in der Jackentasche. Erst zu Hause bemerkte ich, dass ich meinen Schlüsselbund verloren hatte.

In der Zwischenzeit hatte der Herr sein Mittagsbrot gegessen und dabei die Fernsehzeitung vermisst, die er hatte kaufen wollen. Er stieg wieder auf sein Rad und wollte zu *Aldi*. Auf der Straßenkreuzung blinkte ihm jetzt etwas entgegen! Es war mein Schlüsselbund. Er hob ihn auf und legte es auf einen Poller am Straßenrand. Als er auf dem Rückweg mit seiner Zeitung wieder vorbei kam, lag der Schlüsselbund immer noch auf dem Poller. Jetzt nahm er ihn mit in sein Haus. Am folgenden Tag wollte er den gefundenen Schlüsselbund zum Fundbüro bringen.

Mein Mann und ich konnten den Schlüsselbund bei unserer Suchaktion selbstverständlich nicht finden, weil der Herr ihn inzwischen in sein Haus geholt hatte.

Weil er den Schlüsselbund aber noch nicht abgegeben hatte, bekam ich in den beiden Geschäften eine negative Antwort.

In genau diesem Augenblick stand ich bei Annegret und ihrem Bekannten und staunte.

Weshalb waren wir zur gleichen Zeit an diesem Ort? Und was noch unerklärlicher war: weshalb habe ich gerade diesen beiden von meinem verlorenen Schlüsselbund erzählt?

Sooo viele Zufälle!

Abschließend kaufte ich eine Sonnenblume und tauschte bei ihm zu Hause die Blume gegen meine Schlüssel.

Seit diesem Missgeschick habe ich die Schlüssel noch nicht wieder verloren, nur ein paar Mal verlegt.

Zur Zeit ist also alles im grünen Bereich.

50 Jahre Sudweyhe

Heute ist auf dem Sudweyher Marktplatz ein Schlagersänger. Mein Mann und ich fahren per Rad dorthin. Wir feiern 50 Jahre Weyhe, es gibt eine Bühne mit Musik. Ich habe meinen blauen Beutel dabei. Der Beutel ist mit einer weißen Katze bemalt und meinem Namen, ELKE. Der Sänger singt gerade das Lied von Ellis. Im Lied zieht Ellis gerade aus und lebt nicht mehr Tür an Tür mit dem Sänger, usw.

Ich finde, dass der Name ELLIS ein wenig an ELKE erinnert. Diese Veränderung würde gut in den Rhythmus passen und mein Name würde auch gut klingen. Ich halte deshalb meinen Beutel mit der Schrift gut sichtbar zur Bühne. Der Sänger sah es sofort und und sang jetzt statt ELLIS - ELKE. Mein Mann versteifte und fragte argwöhnisch:

„Woher kennt der Sänger Dich?"

Ich zeige meinem Mann den Beutel und sage, „Er kennt mich nicht, aber er kann lesen!"

1942-1948

Ich wurde im Januar 1942 geboren. Dieser Januar soll besonders kalt gewesen sein und außerdem war Krieg, der zweite Weltkrieg. In diesen Riesen-Schlamassel wurde ich hinein geboren. Geht es noch schlimmer?

Bislang habe ich immer angenommen, dass meine Kindheit ganz normal und uninteressant war. Aber durch das Staunen meiner eigenen Kinder und Enkel merkte ich, dass vieles von dem, was ich ihnen so erzählte, für sie unvorstellbar war. Es gibt heute ja viele Sachen, die es in meiner Kindheit nicht gab, die heute aber als selbstverständlich empfunden werden.

Für mich sind sogar heute noch viele andere dieser Wunderdinge unwichtig oder sogar unnötig.

So lange ich einen Zettel und einen Stift habe, brauche ich kein Notebook oder ähnliches.

Aber ganz unter uns: Ich kann mir ganz viel nicht mehr merken. Wichtige Termine müssen immer so schnell wie möglich auf dem Wandkalender notiert werden. Schlimm, wenn ich mich nicht rechtzeitig informiert habe! Es ist mir schon passiert, dass der gerade entdeckte Termin schon gewesen ist. Bisher habe ich aber alles durch eine glaubhafte Entschuldigung regeln können.

Sicher gibt es nicht viele junge Menschen, die sich vorstellen können, dass die Oma ohne ein eigenes Zimmer, ohne Computer, ohne Inliner, ohne Fernseher, ohne Telefon usw., erwachsen geworden ist. Aber man braucht nur die Großmutter anzugucken und ihr zuhören, wenn sie mal wieder von früher erzählt.

So, nun werde ich wieder in das Jahr 1942 zurückgehen.

Mein Vater und meine Mutter arbeiteten damals beide bei der AG Weser in Bremen. In dieser weltbekannten Werft wurden damals große Schiffe gebaut. Zu dieser Werft führte ein Bahndamm. Auf diesem Bahndamm kamen täglich einige Güterzüge, die die Werft mit Kohle und anderen Dingen belieferten. Diese Sachen wurde dringend für die Arbeit auf der Werft zum Bau von neuen Schiffen gebraucht. Die Wohnung meiner Eltern war nicht weit entfernt von dieser Werft und dem Bahndamm.

Unsere damaligen Kriegsgegner versuchten die Werft und den Bahndamm mit Bomben zu vernichten und warfen deshalb in dieser Gegend besonders viele Bomben ab. Immer, wenn Flugzeuge mit Bomben im Anflug waren, gab es Fliegeralarm. Dann packte meine Mama ihr Baby, also mich, in einen kleinen Wäschekorb und rannte schnell in den nächsten Bunker.

Unser Bunker war am Ende der Straße, nicht

weit weg. In diesem Bunker suchten die Menschen Schutz, die in der Nähe wohnten. Dort saßen wir alle und warteten auf die Entwarnung.

Entwarnung bedeutete, dass die Bomber dieses mal vorbeigeflogen waren, ohne Bomben abzuwerfen. Neue Bomber waren im Moment nicht zu erwarten. Nach der Entwarnung konnten alle wieder in ihre Wohnungen gehen.

Für meine Mama war es besonders schrecklich, weil sie bei Fliegeralarm losrennen musste und auch noch ein kleines Baby, also mich, im Wäschekorb in den Bunker zu schleppen hatte. Weil mein Papa inzwischen eingezogen war, hatte meine Mama keine Hilfe mehr.

Mein Papa wurde sogar jetzt noch zum Soldaten ausgebildet. Bald sollte er an der Ostfront, in Russland, kämpfen. Er ist im Übrigen nicht wieder nach Haus gekommen. Er ist irgendwo in Russland gestorben, vielleicht erschossen, vielleicht verhungert oder auf eine andere Art ums Leben gekommen.

Irgendwann hat irgendwer den neuen Ausdruck „er ist gefallen", erfunden.

Sollte damit etwa der Tatbestand des Todes im Krieg durch die Verniedlichung des Wortes gemildert werden? Wir Kinder haben viel Zeit gebraucht, um zu verstehen, dass es etwas Anderes ist, im Krieg oder auf der Straße zu fallen.

Nur durch die Benutzung eines niedlichen Wortes, ändert sich die Tatsache nicht, dass solch ein Tod ein grausiger und unnützer Tod ist.

Kinderzeit in Knesebeck

Meine Mama hatte sicher ganz schreckliche Angst vor den vielen Bomben. Bestimmt dachte sie: Irgendwann treffen sie unsere Straße und dann haben wir keine Wohnung mehr.

Sie fasste also den Entschluss, ihr Baby nach Knesebeck zu bringen. Knesebeck ist ein nettes, ganz kleines Dorf im Osten von Niedersachsen. Dort hatten die Eltern von meinem Papa, meine Großeltern, einen kleinen Bauernhof. Sie produzierten Obst und Gemüse für die ganze Familie. Einmal im Jahr wurde auch ein Schwein geschlachtet.

In diesem Dorf gab es keine Industrie. Wahrscheinlich wurden deshalb dort auch keine Bomben abgeworfen. Dort brauchte man keine Angst zu haben.

Meine Mama hat mich also im Zug nach Knesebeck gebracht. Sie selbst ist mit dem Zug zurück nach Bremen gefahren. In Bremen hatte sie einen Job als Stenotypistin im Büro der AG Weser, aber so oft sie konnte, hat sie mich in Knesebeck besucht.

Von diesem Tag an bis zum April 1948, habe ich bei Oma Mariechen, Opa Christoph, Tante Erna, Onkel Heinrich, Cousine Marianne und Cousin Karl-Heinz gelebt. Außer den lieben Menschen gab es dort noch Kühe, Schweine, Gänse, Hühner, den Hund Fiffi und in der Nachbarschaft Kinder zum Spielen. Es war ganz toll dort: herrliche Ruhe, keine Bomben aber genug wunderbare Sachen zum Essen und viele Menschen, die lieb zu mir waren.

Als ich gerade sprechen lernte, brachte mir meine Mama folgenden Satz bei:

„ELKE BOCK aus BREMEN, zur Zeit Knesebeck!"

Diesen Satz sagte ich immer, wenn mich mal

wieder jemand fragte,

„Na, wer bist Du denn?"

Jedesmal freuten sich die, die gefragt hatten und ich war stolz.

Die Tiere auf dem Hof lieferten Milch, Eier und Fleisch. Im Garten und auf dem Feld wurde gutes Obst und Gemüse geerntet. Meine Knesebecker Familie produzierte fast alles selber, was man so selber für den eigenen Bedarf braucht.

Einmal im Jahr kam der Schlachter auf den Hof. Ich erinnere mich noch sehr gern daran. An solch einem Schlachttag gab es viel Arbeit für alle. Einmal durfte ich sogar das Blut für die Blutwurst im Eimer umrühren. Das war eine sehr verantwortungsvolle Aufgabe. Solch ein Schlachttag war immer ein Fest für alle. Das geschlachtete Schwein wurde noch am selben Tag zu Braten, Koteletts, Bratwurst, Schinken, Mettwurst und verschiedener anderer Wurst verarbeitet. Von diesen Sachen musste die große Familie ein ganzes Jahr leben. Es musste also alles gut eingeteilt und haltbar gemacht werden.

Aber wohin mit den vielen guten Sachen? Die

Sachen mussten ja einige Monate reichen. Auf diesem Bauernhof gab es damals keinen Kühlschrank und erst recht keinen Gefrierschrank! Also, was haben sich die Menschen einfallen lassen?

Fleisch wurde in Gläsern oder in Dosen eingekocht. Das Einkochen geschah in einem riesigen Kessel in der Futterküche. Der Kessel war auf dem Fußboden fest gemauert und wurde von unten mit Holz geheizt. Zum Einkochen kamen die inzwischen verschlossenen Dosen mit dem leckeren Inhalt in den Kessel. Vorher musste allerdings noch viel Kochwasser in den Riesenkessel gegossen werden.

Nachdem alles die vorgesehene Zeit gekocht hatte, war der Inhalt für viele Monate haltbar. Am Abend gab es das erste frische Mett, die frische Leberwurst und auch etwas frisch gebratenes Fleisch. Die Stimmung an dem großen Esstisch war wie bei einem großen Fest.

Es war ja auch ein Fest – ein Schlachtfest. Die Mettwürste und Schinken kamen zum Räuchern in die Räucherkammer und blieben viele Wochen dort hängen. Es wurde streng darauf geachtet, dass niemand ohne Erlaubnis mit einem scharfen Messer in die Räucherkammer ging.

Heutzutage kann man an fast jedem Tag eines Jahres alle Lebensmittel für die Familie einkaufen. Jetzt gibt es viele leckere Sachen zu kaufen, die gar nicht bei uns in Deutschland gewachsen sind. Manche Lebensmittel kommen sogar mit dem Schiff oder mit dem Flugzeug zu uns. In meiner Kindheit, hätte sich niemand eine solche Entwicklung vorstellen können.

April 1948 Einschulung in Bremen

Eines Tages kam meine Mutter uns mal wieder in Knesebeck besuchen. Aber diesmal wollte sie mich nach Bremen mitnehmen. Sie hatte mich schon in der *Pestalozzi-Schule* in Bremen Gröpelingen angemeldet. Meine Großeltern hatten mich aber auch schon in der Knesebecker Schule angemeldet.

Nun wurde gestritten und verhandelt, welche Schule das Kind besuchen sollte. Am Ende bekam meine Mutter den „Zuschlag".

Jetzt musste ich das nette, ruhige Dorf mit

den vielen Spielkameraden und all meinen Verwandten verlassen.

Statt dessen landete ich im zerbombten Bremer Westen in einer ruhigen Sackgasse. Dort bewohnte meine Mutter Souterrain und Hochparterre von Haus Nr. 22.

In dieser Straße waren alle Häuser heil geblieben, obwohl auf der anderen Straßenseite der Bahndamm für den Güterverkehr verlief und die AG Weser auch nicht weit weg war.

Wenn damals ein Güterzug mit Kohle angekündigt wurde, liefen die Kinder mit Säcken, Eimern, Bollerwagen und anderen Behältern zum Bahndamm. Dort haben wir Kinder in Windeseile alles an Kohle aufgesammelt, was an Kohle vom Zug gefallen war. Ganz nette Zugbegleiter warfen auch mal extra Kohle zu uns herunter. Sie wussten alle, dass es sehr kalt in den Wohnungen sein konnte. Vielleicht würde es an diesem Tag in den Wohnungen mal warm werden. Wenn der Zug vorbei gefahren und keine Kohle mehr zu finden waren, rannten wir Kinder schnell nach Haus, um dort die kostbare Kohle abzuliefern. Vielleicht reichten die Kohlen diesmal, um etwas zum Essen zu kochen, oder wenigstens die Küche ein wenig zu wärmen?

Nach dem Ende des Krieges bekam meine Mutter nur eine sehr kleine Witwenrente, weil mein Papa nicht aus dem Krieg zurück gekommen war. Von dieser niedrigen Rente konnte sie weder Miete noch unser Essen bezahlen. An neue Kleidung war nicht zu denken.

Was tun?

Irgendwann hat sich Mama mit einem Mann zusammen getan, der gesund aus dem Krieg zurückgekommen war. Er wollte oder sollte oder durfte sich an den Kosten für die Miete und das Essen beteiligen. Schlafen durfte er in dem Bett von meinem Papa. Das Bett war ja leider frei geblieben.

Mamas neuer Freund hatte sogar eine Arbeitsstelle. Er war Topfwäscher im Bremer Ratskeller. Manchmal brachte er auch Essensreste für uns mit. Meine Mama und ich haben uns jedes mal darüber gefreut.

Manchmal kam der Foxterrier *Lumpi* vom Koch am Wochenende zu uns. Der Hund brachte dann sogar seine eigene Verpflegung im Henkeltopf mit. Dieses wunderbare Essen durfte der Hund aber nicht allein verzehren. *Lumpi* musste es mit uns teilen. Er hat es auch immer brav getan. Verpetzt hat er uns nie. Am Montag wurde er wieder in den Ratskeller mitgenommen. Wir aber freuten uns dann schon auf das nächste Wochenende, wenn *Lumpi* wieder mit Verpflegung zu uns kam.

Wer kann sich heutzutage so etwas noch vorstellen?!

Mama und ihr Freund lebten zusammen wie ein Paar, um in dieser schweren Zeit finanziell besser zurecht zu kommen. Geheiratet wurde bei einer solchen Verbindung aber nicht, denn bei einer Heirat würde nämlich die kleine Witwenrente meiner Mama gestrichen werden. So etwas konnte sich aber niemand leisten. Also lebten die Paare weiterhin ohne Trauschein zusammen. Vielen anderen Paaren ging es in dieser Zeit genauso.

Ein Paar in solch einer Situation hatte ein sogenanntes *Bratkartoffelverhältnis*, eine nicht böse gemeinte Bezeichnung.

Meine Mutter brauchte aber eine bezahlte Arbeit. Die hat sie auch gefunden. Sie konnte schon immer wunderbar sticken und bekam deshalb den Job als Stickerin. Viele Jahre hat sie für sehr wenig Geld für die Bremer Tapisserie-Werkstätten gearbeitet. In jeder freien Minute saß meine Mutter in der Küche im Souterrain und hat gestickt. Ihre gesamten Arbeitszeiten hat sie ganz penibel aufgeschrieben, denn sie wurde nach Stunden bezahlt. Ihr Lohn betrug zwanzig Pfennig für eine Stunde. Richtig leben konnte man von so wenig Geld aber nicht.

Manchmal wurden besonders schöne und große Tischdecken im Schaufenster von Karstadt in Bremen ausgestellt.

Mamas Teil der Wohnung im Souterrain bestand aus einer Küche mit einem Fenster zum Hof, einem Kellerraum mit unterirdischem Fenster zur Straße und einem Klo. Das Klo war unter der Treppe nach oben und hatte höchstens einen Quadratmeter. Außerdem konnte man durch die „Waschküche" auf den Hof gehen.

Im Hochparterre gab es einen kleinen Raum, der mit Möbeln voll gestellt war. Wäre etwas mehr Platz gewesen, hätten wir diesen Raum als

Wohnzimmer nutzen können. Aber so wie es war, war das Zimmer nur ein Lagerraum für die Wohnzimmermöbel.

Ein Schlafzimmer mit einem Doppelbett und einem Schrank aus Schleiflack, gab es auf der anderen Seite des Flures. Unter dem Bett, in dem ich mit meiner Mama schlief, stand ein Nachttopf, den ich fürs Pippi machen in der Nacht gebrauchte.

Es war gefährlich, das Klo im Souterrain in der Nacht zu benutzen. Vorher musste man die lange, dunkle Treppe hinunter gehen. Also habe ich in jeder Nacht den Nachttopf gebraucht. Am Morgen hatte ich als Erstes den benutzten Nachttopf in die Toilette im Souterrain zu leeren. Meistens hat das auch geklappt. Nur zweimal nicht. Das erste Mal stolperte ich auf der Treppe und verteilte bei dem Sturz den Inhalt des Topfes auf der Treppe, und auf mir selbst. Das war nicht sehr hygienisch, aber auch nicht schlimm. Bald war alles wieder sauber.

Der zweite Unfall verlief nicht so glimpflich. Mit dem gefüllten Topf stolperte ich erneut auf der Treppe, und rutschte diesmal auf dem Popo bis ganz nach unten. Dort angekommen, stieß ich mit einem Fuß an die Armatur für die Wasserversorgung des Hauses und trat dabei den Haupthahn ab. Das Wasser begann zu spritzen. Wo, bzw. wie lässt sich das Wasser aber ohne den Haupthahn abstellen?

Das Wasser im Keller stieg langsam. Nach einer Weile hörte es zum Glück auf zu steigen. Irgendwer hatte es abgestellt.

Noch mehr Glück: Das Wasser war nicht in die Küche gelaufen. Nun mussten wir das Wasser aus dem Pumpensumpf zu schöpfen und oben auf der Straße in den Kanal zu kippen. Danach musste der Keller wieder trocken gelegt werden. Bald war alles vergessen.

Stimmt aber nicht ganz. Denn ich sollte mich noch lange Zeit an das Theater erinnern. Ich hatte mir nämlich bei diesem Ereignis beide Handgelenke angebrochen. War nicht so schlimm, es gibt Schlimmeres. Es hat auch nicht lange gedauert. Bald war alles geheilt und vergessen.

Oder doch nicht?

Ich erinnere mich ja immer noch! Ich schreibe

es sogar gerade auf.

Auch der Hof war in die zwei Mietparteien aufgeteilt. Auf der einen Seite des Hofes standen gemauerte Schuppen für alle Bewohner. Die vorderen zwei Schuppen, benutzte meine Mutter, die anderen beiden nutzten die Leute von oben.

In unserem Schuppen wurden Kohlen gelagert, für den Küchenherd. Die Kohlen wurden in Säcken geliefert. Die Eierkohlen kippte der Kohlenmann gleich in das dafür abgetrennte Abteil, die Briketts wurden auf die freie Fläche geschüttet.

Meine Aufgabe war es, diese Briketts nach der Schule an der Wand entlang zu stapeln. Das war gar nicht so einfach und hat auch jedes Mal einige Zeit gedauert.

Auf der anderen Seite des Hofes, direkt an unser Küchenfenster grenzend, hatte meine Mutter Tabak gepflanzt. Sie war schon immer eine starke Raucherin. In der damaligen Zeit gab es kaum Zigaretten zu kaufen und wenn es sie gab, waren sie teuer. Die von ihr gepflanzten Tabakpflanzen gediehen sehr gut auf unserem Hof. Nachdem die Pflanzen groß genug waren, hat meine Mutter sie abgeschnitten und die Blätter getrocknet. Mit Hilfe von Zigarettenpapier und einem kleinen Apparat wurden fix Zigaretten für einen ganzen Tag gedreht. So konnte sie auch weiterhin das Zigarettenrauchen genießen.

Zu dieser Zeit gab es noch sehr viele Ruinen in Bremen. Diese Grundstücke waren ideal für die Ratten, sich dort niederzulassen und Familien zu gründen. Neben unserem Hof war solch ein Ruinengrundstück. Es lag ca. zwei Meter höher. Auf dieser hohen Mauer war oft ein reger Verkehr von Ratten. Die Ratten hatten mehrmals im Jahr Junge und brauchten deshalb auch immer Futter für ihren Nachwuchs. Dieses Futter hatten sie bald entdeckt, nämlich unser Hühnerfutter. Am Besten gefielen den Ratten die von meiner Mutter für unsere Hühner gekochten Kartoffeln. Meine Mutter brachte jeden zweiten Tag eine große Portion in einem langen hölzernen Trog zu unseren Hühnern in den Käfig.

Die Ratten meinten sicher, dass das Futter für sie gemacht war und warteten nicht lange. In einer längeren Prozession liefen sie auf der Trennmauer entlang zu unseren Hühnern. Auf dem

Rückweg nahm sich jede Ratte eine Portion Kartoffeln für ihre Jungen mit. Wenn alle Ratten satt waren, durften unsere Hühner den Rest fressen.

Der Hühnerstall mit den Nestern und den Schlafplätzen der Hühner, bestand aus Holz. In dieses Holz hatten sich die Ratten ein Loch genagt und konnten dadurch in den Stall schlüpfen. An Ort und Stelle fraßen sie jetzt das Eigelb der Eier. Das Eiweiß verschmähten sie. Es machte aber die Nester klebrig und lockte anderes Ungeziefer an. Deshalb mussten wir die Nester immer schnell wieder sauber machen.

Allmählich hatte der Freund meiner Mutter die Nase voll. Er baute einen neuen Stall für die Hühner. Der Stall bekam einen Sockel aus Zement, darüber drei Reihen gemauerte Steine und dann erst die Bretterwand. Über diesen Unterbau kommen die Ratten nicht, dachten wir. Sie haben es aber doch geschafft, ein neues Loch in das Holz zu nagen. So konnten sie auch weiterhin die frischen Eier direkt im Nest gefressen.

Daraufhin wurde meine Mutter ernsthaft böse. Sie bekam üble Mordgedanken. Es begann mit dem

Einkauf einer Rattenfalle, einer Tube mit Gift und einem leckeren frischen Bückling. Mit ganz ollen Gartenhandschuhen, die nun nur noch bei der Beköstigung der Ratten benutzt werden durften, bereitete meine Mutter ein Festmahl in der Falle für die Ratten zu. Diese Falle stellte sie besonders vorsichtig auf die hohe Mauer zum Nachbargrundstück. Es dauerte nicht lange, und man hörte die Falle zuschnappen.

Eine Ratte wollte unbedingt als Erste den wunderbar duftenden Fisch fressen und auch noch ihre Kinder damit füttern. Die Ratte und ihre Kinder haben ihre Gier nicht überlebt.

Auf diese Weise hat meine Mutter viele Tiere gefangen, aber ausrotten konnte sie die Ratten leider nicht.

Als wir nach einigen Jahren in eine andere Wohnung in einem anderen Stadtteil ziehen wollten, haben wir die Nester der Ratten auf dem Hof entdeckt. Unter einem Stapel Holz war ein Nest mit vielen kleinen toten Ratten. Sie haben die Fütterung mit vergiftetem Fisch nicht überlebt.

Als der Krieg endlich vorbei war, sahen ältere

Bremer, dass doch noch einige von den alten Gebäuden heil geblieben waren. Einige meiner Lieblingsgebäude erinnerten damals, und auch heute noch, an die schreckliche Zeit des Krieges.

Ein Beispiel: Der U-Boot Bunker Hornisse.

Er liegt an der Weser, im Stadtteil Gröpelingen, hinter dem Einkaufszentrum *Waterfront*. Er bekam einen Treffer von einer Bombe. Der U-Boot-Bunker wurde stark beschädigt, aber mit dem Bau von U-Booten war es vorbei.

Die Reste dieses Bunkers kann man in der Nähe des großen Einkaufszentrums in Gröpelingen noch sehen. An einem Stück Außenwand ist eine Gedenktafel angebracht. Sie soll an die jüdischen KZ-Häftlinge erinnern, die zum Bau dieses Bunkers eingesetzt wurden.

Einen Teil der Bunkerdecke nutzt eine Spedition. Durch den beschädigten Bunker kann man auf die Weser gucken.

Der U-Boot-Bunker Valentin liegt auch direkt an der Weser, aber im Norden von Bremen, im Ortsteil Farge. Bei einer Schiffsfahrt auf der Weser von Bremen nach Bremerhaven ist der riesige Beton-Klotz nicht zu übersehen. Während der Schiffsfahrt wird auf ihn aufmerksam gemacht.

Als meine schöne Zeit in Knesebeck 1948 vorbei war, bis zum Beginn meiner Ausbildung bei einer Bremer Behörde im April 1958, habe ich mit meiner Mutter und ihrem Freund in Bremen-Gröpelingen gewohnt.

Es war eine besondere Zeit, und es war eine schwere Zeit. Trotzdem spürte man in allen Dingen des Lebens, dass es aufwärts geht.

Damals hatte ich kein eigenes Zimmer, ja nicht einmal ein eigenes Bett. Einige Jahre habe ich sogar mit meiner Mutter in ihrem Teil der Ehebetten geschlafen. In der anderen Hälfte schlief der Freund meiner Mutter. Diese Hälfte der Ehebetten war ja durch den Tod meines Vaters frei geworden. Der Nachttopf für den nächtlichen Gebrauch stand unter dem gemeinsamen Bett von meiner Mutter und mir. Mit ihm bin ich ja zweimal die Treppe zum Souterrain runter gefallen.

***

Es ist schon seltsam, welche Begebenheiten seines Lebens man im Kopf behält. Allerdings würden mich aber auch die Erlebnisse interessieren, die ich vielleicht schon vergessen habe!

Damals hatte ich auch ohne Smartphone und I-Pad keine Langeweile.

Meine Mama schaffte es trotz ihres geringen Verdienstes, mir ab und zu ein neues Buch zu kaufen.

Die Freude am Lesen habe ich bis heute!

1942 - 1948

Das Titelbild wurde am Tag meiner Einschulung im April 1948 aufgenommen.

Der Mantel wurde aus einem Armee-Mantel genäht.